Ursula Adler

Was war...

BoD™
BOOKS on DEMAND

Für meine Schwester Jutta

Ursula Adler

Was war...

Gedanken und Erinnerungen

Bibliografische Information der Deutschen National-bibliothek:
Die Deutsche Nationalbibliothek verzeichnet diese Publikation in der Deutschen Nationalbibliografie; detaillierte bibliografische Daten sind im Internet über http://dnb.dnb.de abrufbar.

Titelfoto: Ursula Adler

Herstellung und Verlag: BoD – Books on Demand, Norderstedt

ISBN: 978-3-8482-0195-2

Unterm Fliederbusch

Unterm Fliederbusch
Sitzen sie im Garten und
Träumen von früher.

Da wohnen sie. Nun
Sind sie so alt geworden.
Was soll nur werden?

Ich würde gerne Wünsche erfüllen.
Mit ihnen im Garten sitzen
Sehen, wie sie beide genießen,
was sie geschaffen haben
Sehen, dass sie leben,
dass sie zusammen leben,
dass sie sich brauchen,
dass sie sich lieben,
dass sie sich gegenseitig helfen.

Ich habe es gesehen,
dass sie zusammen gehören:

Wenn sie ihm Haferflockensuppe
kochte
Wenn sie ihm Tropfen in die Augen
tropfte
Wenn sie ihm einen Apfel schälte
Wenn sie ihm einen Knopf annähte

....

Ich habe es auch gesehen…

Wenn er Angst hatte, dass sie ins
Krankenhaus muss
Wenn er sie im Haus suchte
Wenn er am Schreibtisch saß und
Ordnung machen wollte
Wenn er zu verstehen suchte, was er
schon lange nicht mehr verstehen
konnte…

Gartengedanken

Neben den verblühten welken Primelbüschen sah er im Garten einen kleinen neunjährigen Jungen sitzen, der weinend seiner Mutter hinterher guckte, nicht verstehen könnend, dass sie ihn verließ und selbst nicht in der Lage, ihr zu folgen.
Das spontane Verhalten eines Neunjährigen, z.B. einfach schreiend hinterherzulaufen, war ihm verloren gegangen.

Der Duft des blühenden Holunders stieg ihm in die Nase, und das Bild des knapp Zwanzigjährigen tauchte vor ihm auf, der nach einem Streit seine Heimat verlassen hatte – enttäuscht, verletzt, im Innersten seiner empfindsamen Seele getroffen.

Niemals hatte ihm ein anderer Ort Heimat werden können. Nun war er Vater, Großvater, Urgroßvater geworden. Sein Blick richtete sich nur noch mühsam nach vorne.

Nachtwanderung

Er nahm den roten Kugelschreiber in die rechte Hand. Das Fenster links neben dem Schreibtisch war geöffnet. Die Sonne schien hinein , und die Morgenluft roch nach Apfelbäumen.

Das Tagebuch lag geöffnet vor ihm. Er blätterte, las hier und da ein paar Sätze, blätterte zurück, weiter zurück.....August 2002 – Nacht –

Er las:

„Ich vergesse soviel. Immer wieder. Ich werde nicht mehr mit den alltäglichen Angelegenheiten fertig. Wie soll das nur weitergehen? Wie kann ich....."

Die Buchstaben verschwammen vor seinen Augen. Er wandte den Blick weg vom Geschriebenen, sah auf ohne zu sehen.

Eine schlaflose Nacht von damals stieg ihm in Herz und Kopf, wurde zu Worten:

„Ich kann nicht schlafen, bin von meinem eigenen Schnarchen aufgewacht.

Es ist viel zu warm hier im Zimmer. Fenster auf. Erst einmal aufstehen. Das Fenster klemmt. Gleich wird Margot aufwachen. Und dann? Ich gehe lieber aus dem Zimmer. Meine Güte, was ist das hier eng. Und die Tür quietscht. Muss ich mal ölen. Morgen. Tür zu.
Margot schläft weiter.

Die hat's gut. Ich bin jetzt schon die dritte Nacht wach. Früher gab es das nicht. Da ging ich ins Bett, drehte mich um und schlief. Was ist das bloß?
Die Holztreppe knarrt nachts aber auch fürchterlich laut.

Ich setze mich unten an meinen Schreibtisch. Wo ist nur dieser Brief? Ich habe ihn nicht verstanden? Was wollen die nur von diesen Kraftwerken? Das Geld wird doch immer abgebucht.

Erst mal Luft ins Zimmer lassen. – Fenster auf. – Meine Güte – ist das hell ! –
Ach so, Vollmond!
Da ist ja auch der Brief.
Ob ich morgen Margot frage? Sie kann ihn ja mal lesen. Oder rufe ich dort an? –

Jetzt fangen die Vögel schon an zu zwitschern. Gleich will ich mal vor die Tür gehen, nach Gustav, unserer Amsel sehen.

Ich gehe einfach mit dem Brief zur Volksbank – genau. Der Herr Fischer wird schon Bescheid wissen. Ich lege mir schon mal alles bereit.

Wo ist meine Mappe? Ach da. –
So, den Brief hinein.
Am besten den Ordner von den Elektrizi-
tätswerken dazu und etwas zum Schrei-
ben.
Morgen ist Dienstag. Ich gehe dann gleich
nach dem Frühstück hin, damit das erle-
digt ist. –

So - 4.00 Uhr. Ein bisschen könnte ich
noch schlafen.
Fenster zu. Die Nachtluft ist ganz schön
frisch. Die Äpfel sind bald reif...."

Er sah zum Fenster. Ja – die Äpfel. Es war
ja wieder August. Ein Jahr später.

Er seufzte, nahm den roten Kugelschreiber wieder in die Hand und schrieb:

Herr Fischer hat die Angelegenheit damals geregelt. Der Beitrag war erhöht worden, und er hat den Dauerauftrag geändert.

Ich habe alles ordnungsgemäß abgeheftet.

Du schreibst alles auf
Du schreibst alles so viele Male auf
Immer wieder
Schon so viele Jahre

Und ich habe es nicht bemerkt
Ich habe es viele Male nicht bemerkt
Immer wieder nicht
Schon so viele Jahre

Dass du kämpfst
Gegen das Vergessen kämpfst
Immer wieder
Schon so viele Jahre

Ich habe es nicht bemerkt
Ich habe es viele Male nicht bemerkt
Immer wieder nicht
Schon so viele Jahre

Im Krankenhaus

Habe ich alles in der Tasche?
Schlafanzüge – Wäsche – Kekse – Kaffee –
Könnte er nicht was zum Lesen gebrauchen?
Ein Buch?
Was zum Angucken?
Fotos?

Ins Auto
Parkplatz suchen
Fahrstuhl
Dunkler Gang im 2. Stock
Vorbei an der Sitzecke mit der Kaffeemaschine
Wenn man keine 50 Cent passend hat, kann
man keinen Kaffee kriegen
Heißes Wasser und Teebeutel sind umsonst
Kaltes Wasser auch

Weiter den Gang entlang
An Schwestern – Pflegern – Patienten.....vorbei
Keiner grüßt
Kaum einer guckt
Manchmal sage ich trotzdem
„Guten Tag" oder
„Guten Morgen" oder
„Guten Abend" oder
„Auf Wiedersehen"

Nr. 23
Ich klopfe, öffne die Tür
Da sitzt er
Am Tisch
Vor dem Tablett mit dem Essen
Ohne Bademantel
Ohne Brille
Ohne Zähne
Sieht mich an und sagt: „Gott sei Dank."

Der Bademantel ist so schwer.
Aber ohne – nur im Schlafanzug – friert er vielleicht.
Außerdem ist das, auch im Krankenhaus, so
unangezogen, so unwürdig.

Ich kaufe einen dunkelweinroten aus glänzen-
dem leichtem Satin.
„Oh, wie elegant. Der ist aber schön!"
Seine Augen gucken ein bisschen wie früher.
Er lächelt ein bisschen wie früher, wenn er
eine Geburtstagsgeschenkkrawatte und ein
neues Hemd bekam.
„Bin ich ein feiner Pinkel!"
Er „schlüpft" in den neuen Satinmantel und wir
machen uns mit Urinbeutel und Infusionsrollsäule für einen Spaziergang auf dem Krankenhausflur bereit.

Er schiebt mit der Gabel ein Kartoffelstück auf dem Teller hin und her.

Dann ein Stück Broccoli, dann ein Stück Fleisch...

„Genug – ich kann nicht mehr."

„Vielleicht noch ein bisschen Yoghurt?"

Ein Löffel.

„Gut?"

„Ja – genug."

Jetzt noch die Tablette.

Wenn ich sie – geschickt (?!) – zwischen Kartoffeln oder Yoghurt verstecke, bleibt sie trotzdem immer – fein aussortiert – übrig.

Er spuckt sie aus.

Es geht auch nicht mit Wasser trinken oder Kaffee.

Wenn ich sie zu Brei zerdrücke, erkläre, wozu sie gut ist und langsam genug sein kann, sind wir – manchmal – ein richtig gutes Team und schaffen es.

Raus.

Weg.

Die Beine schieben die Decke weg.

Hände knöpfen die Schlafanzugjacke auf,
zerren am Unterhemd.

Er hebt den Kopf vom Kissen, den Oberkörper,
Arme stoßen mich weg.

„Willst du aufstehen?"

„Weg – weg..."

„Warte, ich helfe dir. Wollen wir ein bisschen
spazieren gehen?"

„Ja."

Schlafanzug wieder zuknöpfen.

Hausschuhe an.

Bademantel.

Urinbeutel.

Infusionsrollsäule.

Ein bisschen auf den Flur – zehn, fünfzehn
Schritte.

Zurück ins Zimmer, ins Bett.

„Du bleibst aber hier. –

Wo schläfst du? –

Wo ist die Jutta? –

Margot. Wo ist die Margot? ...

Du bleibst hier..."

„Ich bleibe hier."

Seine Hand bewegt sich auf der Bettdecke hin
und her.

Ich nehme sie in meine.

Er sagt:" Wir müssen zusammenhalten."

„Ja, wir halten zusammen."

„Wir halten zusammen..."

„...wie Pech und Schwefel."

Manchmal sieht er aus dem Fenster.
„Ist das Siegen? Das ist ja groß."
„Guck – da ist eine Kirche – die ist katholisch."
Er guckt. – Schweigt.
„Wollen wir wieder zurückgehen?"
„Ja."

Umdrehen, Infusionsrollwagen mitnehmen,
Katheterbeutel festhalten,
langsam,
Schritt für Schritt für Schritt...
den Krankenhausflur entlang,
an Essenswagen für die Station vorbei,
an Patienten vorbei,
an Schwestern und Pflegern vorbei...
Manchmal grüßt jemand.

Zimmer 23.
„Sind wir da?"
„Ja.
Willst du dich hinlegen oder noch ein bisschen
sitzen?"

Fenster
Im Krankenhaus
Durch das Glas
Häuser Bäume Wolken Himmel
Sehen?

Weihnachten
Im Krankenhaus
Baum mit Kugeln
Wände mit Zweigen geschmückt
„Halleluja!"

Es ist Morgen, ganz früher Morgen,
und er ist tot.
Er sagt einfach nichts mehr.
Er liegt zum ersten Mal seit Wochen ruhig.
Hört zu.
Bewegt sich nicht.
Nur das Bett „atmet" noch.
Jutta kennt sich aus und stellt es ab.

Er hört wirklich zu.
Und wir können noch lange so bei ihm bleiben,
sagt die Nachtschwester – bis der Arzt kommt
um 8.00 Uhr.

Dann kommt Schwester Monika und es ist ganz
anders.
„Wir machen ihn fertig," sagt sie.
Im Erdgeschoß – oder Kellergeschoß – gibt es
einen Aufbahrungsraum.
Da bringen sie ihn jetzt hin.
Da können wir bei ihm bleiben

Schwester Monika: „Machen Sie die Kerzen
aus, wenn Sie gehen."
Es ist kahl und kalt.

Da hilft kein Anzünden der für solche „Zwecke"
bereitstehenden Kerzen in auf der Erde ste-
henden Riesenkerzenhaltern.

Es sind zwei Stühle da, wir sind aber drei.

Der versprochene dritte Stuhl kommt nicht,
aber wir wollen gar nicht sitzen.

Wir könnten ihn – sitzend – gar nicht sehen,
denn die Bahre ist ja so hoch. Und da liegt er
drauf.

Und ich will noch mit ihm reden,
ihm gute Reise wünschen,
Grüße auftragen...
ihn ansehen, ihn streicheln, bei ihm sein, ihn
nicht alleine lassen...
Er wollte ja nicht alleine gelassen werden.

„Wir halten zusammen..."
„Wie Pech und Schwefel."

Und dann müssen wir ihn alleine lassen.

Da liegt er.
Ein erwachsener Mann – ein alter Mann –
schmal – graue Haare – natürlich nicht mehr
viele, aber so kurz geschnitten wie nie in sei-
nem Leben.
Er sieht fast irgendwie modern damit aus –
auch fremd – auch zuwendungsbedürftig.

Es ist wie ein Zwang, als müsste ich darüber
streichen und sagen „Ach."

Er würde nicht antworten.
Er liegt so still.
Er guckt nicht mehr. Die Augen sind fast ge-
schlossen.
Er spricht auch nicht.
Die Hände sind ineinandergeschlungen –
gefaltet?

Irgendjemand hat das gemacht – hat ihm auch
eine Blüte in diese verschlungenen gefalteten
Hände gegeben.

Wenn er im Himmel ankommt,
so unkonventionell angezogen,
muss er halt dem Petrus oder dem lieben Gott
erklären, dass das die Ulla war, die mit dem
eigenen Kopf.

„Siehst du, Petrus,
siehst du, lieber Gott,
bin ich nicht auch so ein feiner Pinkel?
Mit diesem grünglänzenden Schlafanzug und
den weinroten, von Ria selbstgestrickten
Socken?

So haben sie mich halt zurechtgemacht, und
Ulla glaubte, das wäre gemütlich.
Ist es ja auch.
Es ist bequem.
Und hier gibt es doch keine Kleiderordnung,
oder?"

Erde
zu Erde
Asche zu Asche
Das bist du nicht
Nein

Leben
in Geschichten
die wir erzählen
die du geschrieben hast
bleibt

Von dem alten Mann

Es war einmal ein alter Mann. Er hatte viel erlebt, Schönes und Schlimmes, und er erzählte gern von früher.
Eines Tages wurde er krank.
Seine Familie bemerkte es nicht.

Seine Frau dachte oft:
Er interessiert sich überhaupt nicht für mich. Er spricht nicht mehr mit mir. Er macht nur seine eigenen Sachen. Er ist stur und dickköpfig.
Sie wurde traurig, klagte bei Kindern und Nachbarn.

Der alte Mann setzte sich täglich an seinen Schreibtisch, las Briefe, suchte Unterlagen in Aktenordnern, sortierte Papiere.
Eines Morgens suchte er wieder einmal vergeblich den Inhalt eines Briefes zu verstehen, blickte verzweifelt vom Schreibtisch auf und sah vor dem Fenster eine Amsel im Apfelbaum sitzen.
„Ach, Gustav," murmelte er, „ich vergesse so viel. Ich finde mich nicht mehr zurecht."

„Aber das ist doch nicht schlimm,"
flötete Gustav. „Das brauchst du doch alles gar
nicht mehr zu machen."

Der alte Mann seufzte, schüttelte den Kopf,
atmete dann erleichtert auf und ließ den Stift
aus der Hand fallen.

Die Amsel flötete ihr Lied weiter.

Jetzt gibt es ein Grab in Udenhain auf diesem
schön gelegenen Friedhof zwischen grünen
Wiesen mit Gänseblumen und Klee und Gärten
mit Gladiolen.

Auf dem Grab blühen Studentenblumen, rote
Geranien und blaue Lobelien. Später soll es von
Stein zum großen Teil zugedeckt sein – nur ein
kleiner Platz soll für Blumen frei bleiben.

Außerdem soll ein Vogel auf dem Stein sitzen –
eine Amsel – Gustav.

Und

weiter

Du kommst morgen mal

„Und du kommst morgen mal, das ist schön",
sagt sie am Telefon.
Ich bin überrascht, denn ich war gestern da,
und morgen wird Christiane kommen.

„Ach so, das ist gut," meint sie.
Wenn ich sie besuche, lächelt sie, sobald sie
mich sieht, steht auf, kommt auf mich zu,
gleich, was sie gerade tut oder wo sie ist

Manchmal ist sie sehr erstaunt: „Ach, das ist
aber schön, dass du kommst."
Manchmal scheint es selbstverständlicher zu
sein, weil sich offenbar eine Erwartung erfüllt:
„Ach, da bist du ja."
Dann hat sie die Verabredung behalten.

Sie hebt die Füße beim Gehen nicht mehr so wie früher – die Schritte sind kleiner, die Haltung gebeugter, die Arme winkelt sie an, um die Hände in Jacken- oder Manteltaschen zu vergraben – nicht nur draußen.

Wenn wir eingehakt nebeneinander hergehen, muss ich meinen Arm manchmal ausdrücklich „befreien", weil ich ihn wie in einer Zange fühle.

„Ach Kind, ich vergesse so viel."
„Ich weiß manchmal gar nicht, wo ich hingehöre."

„Vati ist doch zu Hause gestorben...?"

Das ist er nicht. Sie waren beide schon im Heim – zusammen.

„Ach so."
Sie sieht vor sich hin, so wie jemand guckt ohne dabei etwas zu sehen.
Wo sie jetzt ist?

Manchmal versuche ich, sie zurück zu holen.
„Was denkst du denn gerade?"
Ich hoffe auf Erinnerungen, Anknüpfungspunkte zum Reden.

Sie hebt den Kopf, sieht mich an, Stirnfalten vertiefen sich, verschwinden, tauchen wieder auf.
Der Blick wendet sich von mir, kehrt zurück, schweift wieder ab.

„Ach, ich weiß nicht..."

Sie liebt den neuen braunen gesteppten
Mantel.
Ein Übergangsmantel.
„Der ist so schön leicht."...
„Doch doch, der ist warm genug."...

„Muss ich abschließen?" ...
„Wo ist der Schlüssel?"...

Der Zimmerschlüssel hat einen festen Platz –

Im braunen Regal unter dem kleinen Aufstell-
kalender.

In Königstein war immer ein Reserveschlüssel
in der Garage versteckt. In der Tasche eines
Arbeitskittels.
Der ist schon lange nicht mehr da.

Und das Haus gehört uns nicht mehr.

Sie liegt auf ihrem Bett.
Schwester Eugenie misst den Blutdruck.

Stirnfalten –
Blick zu mir –
kein Lächeln mehr.
Zu hoch.

Sie wird mit dem Arzt telefonieren.
Nitroglycerin –
Dreimal in den Mund sprühen..
Wieder Blutdruck messen.
Wieder telefonieren...
Blutdruck 220.

Ein Notarztwagen bringt mit Tatütata und
Blaulicht Aufregung ins Sophienheim.

Das Zimmer füllt sich mit Männern in dicken
Jacken mit roten leuchtenden Aufdrucken auf
dem Rücken.

„Wie geht es Ihnen?
Was war heute morgen?...
Fragen, Fragen ...
Und zum ...Mal Blutdruck messen.

Ihre Augen gehen von einem zum anderen,
bleiben bei mir stehen.

Ich muss ihr „Fels" sein.
Ich will nicht, dass sie stirbt

Sie soll noch leben und lachen.

„Kannst du dich erinnern, dass irgendwann mal
so viele Männer auf einmal um dich waren?"

Sie lächelt und die Männer lachen.

Und

später

Sinn

Wo ist der Sinn
Wo war der Sinn
Wer weiß den Sinn

Ist der Sinn das Ziel
Was ist das Ziel
Wer kennt das Ziel

Ich baue ein Haus für mich
Ist das das Ziel

Sie bauen ein Haus für sich
Ist das das Ziel

Und ich nehme es wieder weg

Ist es nur ein Haus

Es ist doch nur ein Haus
Ist es nur ein Haus
Es ist ein Zuhause
Es war ein Zuhause
Sie haben ein ganzes Leben
hineingesteckt
Sie haben es so sorgsam aufge-
baut
Mit soviel Mühe
Mit soviel Liebe

Man kann doch nicht einfach ein
Leben verkaufen
Man kann ein Haus verkaufen
Aber nicht das Pflanzen der
Blumen
Nicht das Rupfen der
Unkräuter
Die Kaffeestunden im Garten
Die Gänge ums Haus
Das Erdbeer-, Himbeer-,
Johannisbeerpflücken

Ich kann doch nicht ein Haus
verkaufen,
das ich gar nicht aufgebaut
habe.
Ich kann doch nicht Geld haben,
das gar nicht meins ist

Jahrelang sollte keine Verän-
derung sein.

Jetzt verändere ich alles.

Habe ich das Recht?

Das Recht habe ich nicht.

Es ist doch gar nicht meins.

Was nehme ich mir heraus!

Abschied

Das Auto steht.
Sie zieht den Schlüssel
aus dem Zündschloss
und blickt auf.

Vor dem Charme,
den das rosenberankte Haus ausstrahlt, hatte
sie sich gefürchtet.

Sie steigt aus dem Auto,
nimmt die Handtasche in die linke Hand, geht
auf dem Bürgersteig
bis zu dem niedrigen Gartentor
im Jägerzaun,

denkt angestrengt:
„Ein Elternhaus
ist doch
auch nur
ein Haus."

Sie öffnet das Gartentürchen.
Das Haus
ist noch
ihr Elternhaus

Sie holt den Schlüssel aus der Handtasche,
flüstert vor sich hin:
„Ich habe noch einen Schlüssel
zu meinem Elternhaus."

Sie öffnet die Tür,
und es ist,
als wären sie noch da.

Sie geht durch den kleinen Flur,
in die Küche,
ins Wohnzimmer.

Sie sind aber nicht mehr da.

Sie steht vor der Fensterbank,
nimmt die Gießkanne,
gießt die Blumen.

Sie leben noch,
die Blumen.

Sie steht vor dem Schreibtisch,
öffnet Schubladen,
nimmt Papiere in die Hand,
legt sie wieder hin,
schließt die Schubladen,
öffnet sie wieder.

Sie holt eine Kiste,
nimmt die Papiere und packt sie ein.

Sie holt andere Kisten,
packt Geschirr ein.

Sie geht die knarrende Holztreppe hinauf,
in Schlafzimmer,
Gästezimmer,
Bad.

Sie steht vor dem Toilettentisch –
der Frisierkommode,
massiv Holz,
30er – 40er Jahre-Modell –
mit Kristallgarnitur,
gestrickten Deckchen unter der Glasplatte,
hübsch anzusehen
altmodisch,
lästig,
als sie sie beim Staubwischen
- wie viele Jahre ist das her –
immer in die Hand nehmen musste.

Sie zieht die Schubladen auf, öffnet
Schranktüren,
schließt sie wieder,
holt Kisten, Kleidersäcke, Müllsäcke,
sortiert Kleidung, Wäsche.

Lässt alles liegen,
geht in den Keller.
Wieder:
Schränke, Kisten, Schubladen, Kommoden...
öffnen, schließen, öffnen,
auspacken, einpacken...

Sätze ihrer Mutter fallen ihr ein:
„Erst haben wir aufgebaut,
jetzt bauen wir ab."

Traurig und resigniert hatte es geklungen.

Sie hatte es nicht aushalten können,
Hoffnung und Lebenswillen
und Zukunftsglauben
dagegen setzen müssen mit:
„Wir bauen doch nicht ab,
wir bauen halt um!"

Und jetzt?

...versucht sie
ihrem eigenen Satz zu glauben.

Erde
Zu Erde
Asche zu Asche
Das seid ihr nicht
Nein

Immer
Mit Worten
Und vielen Bildern
Seid ihr noch bei

uns